점點

황금알 시인선 288

점點

초판발행일 | 2024년 4월 30일

지은이 | 이정현
펴낸곳 | 도서출판 황금알
펴낸이 | 金永馥
주간 | 김영탁
편집실장 | 조경숙
표지디자인 | 칼라박스
주소 | 03088 서울시 종로구 이화장2길 29-3, 104호(동숭동)
전화 | 02)2275-9171
팩스 | 02)2275-9172
이메일 | tibet21@hanmail.net
홈페이지 | http://goldegg21.com
출판등록 | 2003년 03월 26일(제300-2003-230호)

ⓒ2024 이정현 & Gold Egg Publishing Company Printed in Korea
값은 뒤표지에 있습니다.
ISBN 979-11-6815-077-5-03810

*이 책 내용의 전부 또는 일부를 재사용하려면 반드시 저작권자와 황금알 양측의 서면 동의를 받아야 합니다.
*잘못된 책은 바꾸어 드립니다.
*저자와 협의하여 인지를 붙이지 않습니다.

점點

이정현 시집

황금알

| 시인의 말 |

"시는 선禪이 될 수 있어도 선은 시가 될 수 없다" 하시더니

선시禪詩 50편만 엮으라던, 시작 노트도 붙이라던

방산芳山 박제천 선생님께 이 시집을 바칩니다.

2024년 봄

이정현

차 례

1부

2부

1부

점點

나를 위한 면적이 필요하다고 애원했지만 꿈쩍 않던 그가
디큐브아트센터 10분 거리의 위치에서 먹고 자게 하더니만
점 · 점 · 점들이 방출할 때의 숨소리를 읽으라 하였다
역의 출구마다 쏟아지는 점들의 아우성,
눈알보다 바쁘게, 마치 거리의 화면을 꽉 채운 비가
대사를 외듯
움직임이 언어보다 빠르다
나
나
나
점
점
점
오고 감이 없다는 말 집어 던지고

들숨으로 멈춤 한 채, 그에게 따지려니

그가 사람들 틈에서 졸고 있다, 점인 채로
움직임이 요란타

선문답식 노트 :

암두巖頭 이르시길
'물物을 물리침이 상上이 되고, 물物을 좇음이 하下가 된다' 하시기에.

환장할 봄날

꽃무릇 피기 시작할 때부터 수상쩍더니

봄이 무슨 죄여?
한번 피워보겠다는데

흰 고무신이 먼저 내달린다

선문답식 노트 :

산세 깊고 물소리 수려한 절간 앞에서 호들갑이 한창인 내게, 스님이 하시는 말씀!

"나는 청담동이 좋더라."

여름비

여름밤 다락방에서 듣는 빗소리
창문을 여니
비가 와락 안긴다

얼마나 헤매었는지
차다

선문답식 노트 :

무문관無門關에서.

선방에 들이기 전

결혼은 했냐고 묻는다
고개를 끄덕이니 자식은 있느냐 묻는다
딸 아들 두었다고 하니 맥빠진 손끝으로 볼펜을 돌린다

남편직업을 묻는다
은행에 다닌다고 하자 그의 볼펜이 바닥에 떨어졌다

라훌라*
가진 것이 많을수록 절실하다는 걸 모른다는 듯
시치미 뚝 떼고 앉은 선승의 고뇌

'이년을 들여 말어?'

* 장애라는 뜻으로 부처님의 아들 이름이다.

선문답식 노트 :

고덕古德이 이르시되, "흐름을 따라 성性을 알면 기쁨도 없고 또한 근심도 없다." 하시었다.

비결

꽃 같은 나이에
선방에 앉아 있으려니
등 뒤에서 누가 바닥을 톡톡 친다
–차 한잔하러 오시게
졸다가 놀라 얼른 스님의 뒤를 따르니
–내가 요즘 통 잠을 못 이루는데, 자는 비결이 뭔가
–그냥 앉아 있었을 뿐인데요?
–그냥 앉아 있었다고?

찻잎이 웃는다

선문답식 노트 :

주신 엽서에 "밖으로 모든 연緣을 쉬고 안 마음이 헐떡임이 없어야 가可히 써 도道에 든다고 하심이여, 이는 방편문方便門이라." 하셨느니라.

그네

아픈 기색도 없이

대추나무가 마지막 숨 거둘 때

오후 3시가 막 지났다

햇살이 박살이 나고

바람도 따라 정定에 들었다

그 후 나는

그네에 앉으면 마음이 흔들리지 않는다

선문답식 노트 :

"어떤 것이 조사의 뜻입니까?" 물으니 "뜰 앞에 잣나무庭前柏樹子니라."하셨거늘.

살생

법화경 읽는 친정엄마 곁에 누운 날도
연등 속에 내 이름이 환히 비친 날에도
쉬이 수그러들지 않던 불안을
93층 호텔로 몰래 데리고 가 창문 아래로 떨어뜨렸다

선문답식 노트 :

본래 한 물건도 없는데
어디에 때가 묻고 먼지가 앉는단 말인가.

— 혜능의 게송 중에서

당신

삭발하고
바람처럼 떠났다가
다시 돌아와
나를 안아주는

부처님

선문답식 노트 :

'부처를 만나면 부처를 죽이고 공자를 만나면 공자를 죽여라'
그래서 나는 이제 당신을 죽이려 합니다.

무위진인無位眞人

길을 잃었을 때
바람이 하는 말
–집이 가장 안전하지
하지만 나왔으니 걸을 수밖에요

방금
똥이 마려워 앉으니
시원한 이 도리
털썩 주저앉지만 않는다면 말이야

선문답식 노트 :

도道는 물어야 한대서 "무위진인無位眞人이 누구입니까?" 여쭈었더니 되려 "너 무위진인아, 어디 한번 답해보아라" 하시기에요?

꽃게

걸음걸이 바르지 않다고 혼쭐난다
–정신 차려!
일주문 안에서 호통치는 소리

법계法階는 언제쯤 받으려나

선문답식 노트 :

육근六根을 모두 거두어들인다면야, 꽃게가 걷는 일 시비하지 않겠지.

정신 차리자.

'만법이 하나로 돌아가니 하나는 어디로 돌아가는가?'

나비 한 마리 머물다

아무 날 아무 때 예고도 없이

살 냄새 탐하는
알 듯한 사내련 듯

나비 한 마리 내 무릎에 앉아 한참을 놀다 갔다

선문답식 노트 :

나비가 내게로 왔을 때, K 아니면 M인가 했다. '응무소주이생기심應無所住而生其心' 알면서도 모른 척하는 걸 보니 O 아니면 P, 그도 아니면 W인 게 분명타.

금장대 나룻배

길 위의
나룻배 한 척을 본다

바람이 노를 젓자
배가 흔들린다.
그러나 제자리다

경주 천년의 숨결 속에서 참선 중이다

선문답식 노트 :

문디 가시나

궁디 내려놓고 배처럼 앉아 있으려니…… 되다.

계곡물

눈옷을 활발하게 입고 뜨겁게 흐르는 지암리 계곡물은 허리 낮추고 낮추면 데일 리 없다지요 영하 20도의 바람에도 두 볼은 늘 같은 색, 같은 소리 돌돌 돌 천수 관음보살 어머니라지요

선문답식 노트 :

관세음보살, 관세음보살 계곡물 소리

사느라 관세음은 깎이어나가고 이제, 완전한 보살(보디샤트바)이 된 어머니!

부도浮圖

구절초 필 무렵이었지
서서 입적하는 선승에게 바짝 서서, 물었어

–스님 한 말씀 해주세요
–죽기도 바쁜데 이놈이
–……!
–너 닫아라
–네?
–입 닫으라고!

활짝 핀 구절초 때문일지 몰라
입 구멍 말고도, 눈구멍이랑 콧구멍 죄다
말하기를 좋아하는지라

서서 죽은 스님, 눕지도 못한다지

선문답식 노트 :

어떤 수행자가 향림 선사에게 물었다지요?

"달마 대사께서 서쪽에서 오신 뜻이 무엇입니까?"

"너무 오래 앉아 있었더니 피곤하구나."

은행나무

천년을 살고서도
아직도 세상을 모르는 듯 노랗게 서서
찾아오는 이 반기는
늙은 어린아이

선문답식 노트 :

“그물을 찢고 나온 황금빛 물고기는 무엇을 미끼로 해서 잡아야 합니까?”

“그대가 그물을 찢고 나오면 말해 주겠다.”라는 삼성三聖과 설봉화상雪峰和尙의 주고받은 문답에 말 길이 끊겨, 노랗게 물든 느낌표!

팬데믹

하안거, 동안거 두 철도 모라자
부처님은 어쩌자고
사철씩이나 절을 위리안치시키는 걸까

이러다 중생들이 마음에 부처 들어 앉히고
시비 그칠라

스님의 번뇌가 길어진다

선문답식 노트 :

"공公이 공空에 떨어질까 두려워하니, 능히 두려워할 줄 아는 자는 이 공空한 것이냐, 이 공空하지 않은 것이냐?"고 대혜종고大慧宗杲가 말하신다.

화두

새벽 예불을 마치고
'이 뭣고'
화두 눈썹 위에 붙인 채
스님은 세수하고 밥 먹는다
바람이 세찬 날엔 자꾸 눈썹에 손이 가
'이 뭣고' 더듬어보니
3음절이 다행히 눈썹 위에 붙어있는데

빵빵
저만치 외제 차에서 내리는 낯선 여자
순간
'이 뭣고'
화두가 눈썹 밑으로 뚝 떨어진다

아차
스님 또 '여자'에 걸려 넘어지시네

선문답식 노트 :

"큰스님 되려면 여자를 조심해야 된다고!" B 스님의 말씀이 생각난다. 어느 해 B 스님이 교통사고로 얼굴이 일그러지자 은사 스님께서 크게 기뻐하며 '너는 이제 큰스님 되겠구나'했단다. 그때나 지금이나 마찬가지지. 눈썹에 붙인 화두를 단박에 떨구게 하는 여자란 '이 뭣고!'

바람을 엮다

—노스님! 어디 다녀오셨나요?
—푸른 실 가져오게

—날이 쌀쌀해요
—옜다! 바람

안경도 쓰지 않고 바늘을 꿰시는 게
바람을 잡아주려 하시는 게

—암! 스승 복 있다마다

—닥쳐라 이놈!
　노스님의 호령 소리 들리기 전까지

선문답식 노트 :

한 납자가 운문화상雲門和尙에게 물었다.
"어떤 것이 부처나 조사를 초월하는 말입니까?"
화상은 이렇게 답했다.
"호떡이니라."

편식

산에서 물고기를 잡으라면 잡아 올 테니

사람 같은 사람하고만 밥 먹고 싶어

오늘도 한술 뜨다가 그만 내려놓는다

선문답식 노트 :

“인정이 많고 다정다감하다. 가식이 없이 솔직하다. 섬세하고 감성이 풍부하다. 자기중심적으로 세상을 볼 때가 있다. 정신적인 교감과 유대를 중시한다. 개성적인 창조성을 가진 사람이다. 특별하고 남과 다른 독특한 자기를 추구한다. 자신의 인생에는 많은 것이 결핍되어 있다고 느낀다. 인간의 어두운 부분에 흥미가 있고 특히 죽음과 친화력이 있다.”

– 나에 관한 보고서(에니어그램 4w5)

퍽치기

어쩌다 로마의 거리에서 선승을 보았을 뿐인데
눈을 감아도 때리고
떠도 때리는 통에
'덕산방德山棒*입니까?' 하니
물었다고 한방 더 두들겨 맞았다

* 제자를 가르칠 때마다 몽둥이로 때린 덕산의 수행법

선문답식 노트 :

덕산방이라 하셨습니까? 물어도 때리고 답해도 때린다면야 입을 닫는 수밖에.

불면증

'가실 때에는 말없이 고이 보내드리오리다'라고
몇십 번 몇백 번 되뇌어도
잠이 안 온다

거짓말인 줄 몸도 아는 거야

선문답식 노트 :

"유有와 무無의 알음알이를 짓지 말라"시지만
어쩝니까?

화장터에서

헤어지자는 말이 없었으니 이별은 아니지요
이월 봄바람은 아직 차요

이미 비워진 마음에 태울 것이 뭐 있다고
–스님 불들어갑니다 할 때

개나리만큼 활짝 울음이 쏟아져
마음이 온통 샛노랗게 물들었더랬어요

선문답식 노트 :

“부처를 만나면 부처를 죽이고, 조사를 만나면 조사를 죽이고 친척이나 권속을 만나면 친척이나 권속을 죽여라” 했거늘 나는 미욱하여 죽음에 구애받고 이별에도 구애받으니 어차피 제 마음속에 계실 양이면 스님, 녹차 말고 좋아하시던 곡차 드릴게요.

꽃이 꽃으로 보이질 않는다

나무 그네에 앉아
아함경阿含經 한 줄 읽고
하늘 올려다보다가
꽃이 끝없이 오르는 걸 본다
그만
그만
내가 소리쳐도
이젠 점이 되어
꽃이 꽃으로 보이질 않는다

선문답식 노트 :

한번 웃으리라.

낚시

붕어가 물속이 심심하여
바람 한 입 채어 무는데

벙거지 모자 눌러쓴
저놈은 누구인가

선문답식 노트 :

방하착放下著!

운명

차를 부르게나
차가 다녀야 말이죠
자고 가게나
잘 곳이 있어야 말이죠
앉아 있게나

흰 소 한 마리 방금 마음속으로 풍덩 뛰어든다

선문답식 노트 :

마음은 진여문眞如門이다.

2부

자화상

그냥
웃고
그냥
말이
빠르고
속은
빨주노초파남보
숨기지
못하니
날마다
아슬아슬
신난다

선문답식 노트 :

누군가 내게,

"앞으로 말을 천천히 해봐요."

순간 부끄러웠다. 하지만 말이 빨라 부끄러워하는 내가 더 부끄러웠다.

감자꽃

당신을 따르기로 해놓고
차마 입 열어 말할 수 없어
그냥 산채로 따서 버린 하얀꽃

그 버려진 꽃을 다시 주워
나비가 그려진 꽃병에 담는다

무슨 복에 이런 호사를 누리느냐며
내 어머니처럼 손을 내젓는 감자꽃

선문답식 노트 :

감자 먹고 자란 내가 감자꽃을 몰랐다.

동백꽃

웁니다, 하더니
울음 터뜨린 동백꽃 한 송이
ㄱ자 바람골에서 얼마나 울었는지 붉다

어머니가 부르시던 이미자의 동백 아가씨
걸음 뗄 때마다 붉게 피어나는 어머니의 동백꽃

지심도 섬이 온통 어머니 얼굴로 가득하다

선문답식 노트 :

모녀의 동백이 이심전심으로 붉다.

지심도只心島

지심도에 동백꽃 보러 갔다가
바람 한 움큼 집어 주머니에 넣었어요
배표를 점검하는 아저씨에게 들키지 않도록
볼록해진 주머니 속에 손을 넣으니
바람이 알아서 잠을 자요

밤이 되자
바람이 하나둘씩 일어나
내 손가락 위에서 동백꽃을 피워요

순간
섬이 되어버린 나
동백꽃 피운 내 손가락

선문답식 노트 :

동백은 "똑!"소리 난다.

파도

여자가 운다
소주처럼 깔끔하게
짬뽕처럼 화끈하게
울고
울고
또 울다가
슬픔의 바닥이 하얗게 드러나자

여자는
일어나 모래톱을 걸어 나간다

선문답식 노트 :

“조사祖師 이르시길 동動함을 그쳐 그침에 돌아가려 하면,
그치려 함이 다시 더욱 동動한다 하시니.”

친정엄마

–여보세요?
–나다 밥은 먹었니?

–네
그 짧은 답 하느라
뜸이 잔뜩 들었다

밥 같은 사랑이 최고라는데
자꾸
잊어버리는 나

선문답식 노트 :

엄마는 밥 하나에 모든 뜻 담고서 살아왔지만, 나는 그 말에 곧잘 넘어진다.

바람 들다

고추밭에서
빨간 고추를 따는
친정엄마 몸빼바지가 빵빵해

–엄마 바람 들었어?

바람은 착하기도 하지
엄마도 여자인 걸 어찌 알고는

선문답식 노트 :

어머나!

엄마도 여자인 줄 바람도 다 아는데 나만 몰랐다.

아버지

해 뜨고 지듯이
고함치는 소리 뜨고 지고

사나운 불처럼
아버지의 '할'

그때는 몰랐어요
우리 집이 임제 선가禪家 풍인 줄

* 임제 '할': 크게 고함을 쳐서 제자들을 깨우치는 수행법

선문답식 노트 :

젊은 수좌가 물었다. “무엇이 진정한 불법입니까?” 그 말에 임제선사臨濟先師는 그 수좌의 뺨을 갈겼다.

온난화溫暖化

—아욱 좀 뜯어가라

아버지의 냉기가 지구 온난화의 영향으로
나에게도 따뜻하게 불어왔다

오빠와 언니 그리고 남동생 사이에 끼어
속수무책으로 울었던 흑백 사진 시절
내 입술은
참외 꼭지처럼 늘 오목하였는데

지구의 온난화 영향 때문만은 아니겠지
—아욱 좀 뜯어가라
아버지 바람 돌기가 펄펄 뜨끈하다

선문답식 노트 :

시간이 호랑이에게 틀니를 끼웠지만, 토끼 귀는 여전히 쫑긋! 하지만 기류가 다르다. 온난화 때문만은 아닐 거야.

핵폭탄

서울 여자로 살고 싶어
친정엄마 손 웃으며 뿌리쳤는데
보따리 짐에 따라온 불안
어쩌면, 정말로 어쩌면
불안은 내가 엄마 뱃속에서부터 받은 유산
씨앗으로만 있다가
서울 물 마실 때마다
노란 꽃망울을 터트렸을지 모를 일

이제는 아름다운 병이 될
내 시의 핵폭탄

선문답식 노트 :

남편이 있으니 나에게 아무도 외롭냐고 묻지 않았다. 딸 아들이 있으니 아무도 나에게 외롭지 않냐고 묻지 않았다. 그런 외로움을 때려눕힌 건 뜻밖의 불안이었다.

"청하오니 제 마음을 편안하게 해주십시오."
"마음을 가져오게. 그러면 편하게 해줄 테니."

– 달마와 혜가의 선문답

유산

아버지 중풍으로 쓰러져 39세에 저세상으로 떠난 뒤
한쪽 지붕이 무너져 내렸는데 왼쪽이었다
제기랄
아버지도 왼쪽으로 마비가 되어 말문 닫았는데
가장이 된 B의 하루가 48시간처럼 고되고
사랑만 몇 번 실패한 이력을 안은 채
햇살이 쨍쨍, 눈부시던 날
29세로 생을 마쳤다
B의 사인도 중풍이었다

유산으로 남긴 종이쪽지엔
피사체처럼 기운 시 한 줄이 왼쪽으로 누웠다

선문답식 노트 :

“반딧불을 취하여 수미산須彌山을 태우려 함과 같다 하시니,
생사화복生死禍福 즈음에.”

요즘 뉴스

TV 채널을 돌리다가 시사 뉴스에 후루룩
홀린 듯 안 홀린 듯,
입술이 예쁜 앵커의 말을 먹는다
가짜 뉴스라서 더 맛있다

선문답식 노트 :

알음알이를 낳고 산후조리에 들어갔다. 그 아이 사구死句인 줄도 모르고.

보물찾기

나는 이정현이 아니다
아버지가 지어 준 이름을 수풀 속에 감춰놓고
그만 감춰놓은 자리를 잊어버리고 말아
이름이 없는 채로 집에 돌아와
밤새 수풀 속을, 헤매는 꿈만 꾸었다
다음날
그다음 날에도 이름을 찾지 못했다
아버지 몰래 이름을 새로 지어
'이정현이라 부를 때마다 천 원씩!' 하니
친구들이 신난다고 불러주었다

나는 이정현이다
이제, 아버지도 처음부터 내 이름인 줄 아시곤
정현아 하신다

선문답식 노트 :

내가 나를 찼다. 아니, 내 이름을 찼다. 버림받은 '종녀鍾女'가 우는지, 웃는지 몰라라 했다. 새 이름은 예뻤다. 이정현!

해마다 열리는 칸 국제영화제를 TV로 보았다. '황금종려나무상'이라니! '황금종녀나무상'처럼 들린다. 국제적으로 신경 쓰신 아버지의 뜻 모르고, 아뿔싸!

칼의 소리

소리에 놀라
고요를 꺼내 입는다
정상에서
쓰러진 사람들
반가부좌로 앉아 투명한 옷을 입는다
여러 차례 찔리고 찔린 칼의 소리
이제 앉았으니
안전하다

선문답식 노트 :

칼의 소리 사춘기 지나고 생의 한복판에서 제법 요란하더니, 이제 조용하다. 칼보다 무서운 폐경기 오신 후론.

고기잡이

바람이 상한가를 치는지
누워서 보는 구름이 온통 물고기다

내 어항 속은 어떨까?
물속 일이라 모르겠다

선문답식 노트 :

방금 산에서 내려온 선승이 수상하다.

"스님 좋은 일이 있으세요?" 묻기도 전 나를 구석으로 몰더니 상한가 음성으로 "보살, 내 주식株式이 확 올랐어."

그날 나도 웃고 스님도 웃고 법당 안 부처님도 웃었다.

그들만의 법

그이와 저이는 따로따로 살아도
와이파이만 켜 놓으면
서로 하는 말
다 알아듣는다지요.

–보고 싶어? 하면
–든든해요! 하고

–요놈 참! 해도
웃음이 난다니, 부처도 어쩌지 못해
–놔둬라! 했다지요

선문답식 노트 :

'부처와 중생은 본래 다르지 않다' 하였으니 부처도 아실 터.

오후 불식

우리 스님은
기도가 한창때라
세상에서 먹을 때가 가장 좋다 하시는데

오후 불식이라니
큰스님 다녀간 후로 공양주만 신났는데

우리 스님
반야*를 보는 눈이 심상치 않다

* 절에서 키우는 강아지 이름

선문답식 노트 :

냉장고에 음식이 있다? 없다?

'안 먹는다'와 '못 먹는다'의 차이. 생生과 사死의 거리다.

푸른 사랑법

열린 법당 안으로 들어온 앞산, 그 산의 키가 열 뼘은 작아져 겨울 햇살 받으러 나간 동자승은 온종일 헤매었지만 빈손이라. 괜히 부끄러운 두 손 뒤로 모으고 부처님께 엎드리다가, 염주 알 구르듯 나자빠졌다 "이놈아!" 부처님보다 무서운 큰스님 호통에, 햇살 대신 눈물이 쳐들어온다

–어디 다친 데는 없나? 물어봐 준다면 정말,

엄마 생각 안 날 텐데.

반야심경에 천수경까지 단박에 줄줄 욀 텐데

선문답식 노트 :

절간에서 부처님 밥 먹고 자란 스님. 큰 스님 입적하시면 이 절 맡아야 한다는데, 추워도 안 추워도 꼭 불러보고 싶은 이름이 있다신다.

엄마!

하마터면

개망초가 풀인 줄 알고 하마터면 뽑을 뻔했어요
어디서라도 몸을 세워 겁이 났어요
잎들이 입처럼 많아
하마터면 긴 목을 꺾을 뻔했어요
개 · 망 · 초
하얀 꽃 피우는
들꽃인 줄 몰랐어요
문드러지게 밟힌 시간일랑 몽땅 잊어버리고
하늘하늘 웃고 있는 저 들꽃
하마터면 나인 줄 모르고 뽑을 뻔했어요

선문답식 노트 :

자신이 풀인지 꽃인지조차 모르는 개망초!

가만히 있을래? 아니면 때를 기다릴래?

바다 사막

어제 바다에 갔었어 가서 사막을 보았지. 그 사막에서 소리가 들렸어, 찰랑!

노랑 달빛을 걸치고 멈춰 섰어 월곶 포구에서 전갈이 잠투정하는, 여우가 꼬리를 빗는 소리 들었거든

빨판이 사막을 꽉 잡고 흔들자 서서히 눈 뜨는 바다

물이 들어온다

침묵하기로 해놓고선

선문답식 노트 :

이번 생엔 돈오돈수頓悟敦壽, 돈오점수頓悟漸修는커녕 침묵이 먼저다.

즐거운 식사

공양 시간이 길어지고 있다
희뿌연 연기가 내 눈에서 귓바퀴로
미처 빠져나가지 못한 것들은 혀끝에서 씹힌다
담배 한 갑 식탁에 차리면 눈부터 웃던
즐거운 저녁 시간
타들어 가는 고요를 크게 한입 문다
오늘따라
가래 기침이 쇠 끓는 날엔
얼른 한 대 바꿔 물면 뚝! 멈추는데

창문을 빼꼼히 열어놓은 부엌 쪽 베란다에서
방금 들어온 바람이 기침을 한다

나는 얼른 바람에게 담배 한 개를 건넨다

선문답식 노트 :

환하신 선생님!

이제 기침 소리 멎었으니, 달을 재떨이 삼아 담배 드세요.

즐거운 술

봄 나이 지나고
가을 겨울이 오니

그때 밥이 술이고 술이 밥
이제는 밥은 밥이고 술은 술

술 마시다 깨쳤으니

아무 종파 빌려서라도 술상 봐 드려야지요

선문답식 노트 :

오가칠종五家七宗의 선종禪宗가운데 술 먹는 종宗이 있을까? 위앙종潙仰宗, 임제종臨濟宗, 조동종曹洞宗, 운문종雲門宗, 법안종法眼宗, 황룡파黃龍派, 양기파楊岐派 중에서 어느 종파宗派의 일일까.

무슨 종이냐고 누가 묻거든
비가 내리듯 방망이와 호통을 내리라

–『태고화상어록太古和尙語錄』 중에서

동안거

장미는 태풍에도 목을 꺾지 않고
날 선 가시는 그 여자의 송곳니처럼 단단하여
향기의 문을 활짝 열지 않는가

퍼붓는 차가운 비에도 울지 않더니
꽃잎을 버리고 난 뒤 낮아지는 휑한 목덜미
마침내 벌 나비와도 이별하는가

붉은 피가 들끓는 시간에 맞춰
그 여자의 심장을 떼어 핥아주듯이 처연하게
릴케의 편지 읽고 또 읽는가

그날 밤 허벅지까지 내린 서리의 배웅 받으며
시詩의 힘으로 겨울을 건너가라더니
신생의 봄날 올 때까지 동안거 수행 들어가는가

선문답식 노트 :

백장암白仗庵엔 죽비소리만 소복소복 내린다.

춤

한 소식 얻고 싶으면

몸을 흔들 줄 알아야지

몸만 흔들면 됩니까?

마음을 흔든 줄 알아야지

다 아는 얘기구먼

그럼 뭡니까

몸을 발라내고 마음을 쳐 죽이면

뭐가 남습니까

허깨비 놀음이요

선문답식 노트 :

춤은 내게 특별한 언어, 그래서 매일 춘다.

시詩 한 갑

협박은 하지 말지 그랬어
시 한 줄 안 쓴다고 발기부전이 될까 봐서?
시 안 읽으면 어때?
니켈, 벤젠, 비소, 카드뮴이 뭔지도 모르는데
발암물질, 그런 어려운 말은 쉿!
시
써라
써라
협박은 하지 않아도 벌써 한 갑인걸

선문답식 노트 :

시 잘 쓰는 시인이 담배 한 개비 권하길래, '담배를 피워야 시를 잘 쓰나?' 시름 중에, 벌써 내 손에 놓인 담배 한 갑.

해설

■ 해설

무슨 종이냐고 누가 묻거든

— 이정현 시집 『점點』 읽기

오 민 석(문학평론가 · 단국대 명예교수)

I.

굳이 하이데거를 끌어들이지 않더라고 대부분의 문학적, 철학적 질문들은 결국 존재에 관한 물음(존재 물음)이다. 존재에 관한 물음은 사회에 관한 물음, 진리에 관한 물음, 시간과 공간에 대한 물음, 그리고 언어에 대한 물음으로 확산된다. 선적 직관 역시 그런 물음과 대답의 언어 중의 하나이다. 18세기 합리주의 이후 근대적 이성에 의해 전유 되고 분석되어온 세계는 자율성을 온전히 상실하였다. 세계는 이성적 주체의 전권으로 찢겼고 파괴되었다. 탈근대주의는 근대적 이성에 의해 걸레가 된 대상을 다시 복원하거나 그것에 조심스럽게 다시 접근하는 철학의 한 방식이다. 탈근대주의의 성찰에 따르면 세계는 그 어떤 절대적이고도 유일한 기준에 의해 재단되지 않는다. 분석되고 범주화되는 순간 세계는 이미 다른 곳으로 가 있다. 세계는 무한하며, 세계의 이 무한성을 인정할 때 주체는 비로소 폭력의 칼날을 내려놓을 수 있다. 서양 근대가 주체 철학의 성루 위에서 수백 년을 군림하는 동안, 그리고 탈근대 시대에 이르러 그들 철학의 폭력성을 자인하는 동안, 동양의 선禪 사상은 아예 처음부터 주체의 권력을 의심하며 주체의 횡포를 끊어내는 데서 진리 인식의 가능성을 타진하였다. 더 정확히 말하면 선 사상은 진리 인식의 가능성을 타진하는 행위조차 의심한다. 이런 점에서 무위의 잠재성을 중시하는 철학자 조르조 아감벤G. Agamben의 주장은 탈근대주의 이후 서양철학이 도달한 유효한 한 지점을 보여준다. 그는 다음과 같이 말한다. "잠재성으로 인해 인간은 자신의 역량을 축적하고 자유롭게 지배할 수 있으며, 이를 '능력'으로 전환할 수 있다. 잠재성은 어떤 이가 무엇을 할 수 있는지의 척도이다. 그러나 이보다 중요한 것은 스스로 하지 않을 가능성을 유지하는 능력인데, 이것이 인간 행동의 등급을 결정하기 때문이다."(『벌거벗음』, 강조는 필자)

이정현의 이 시집을 읽으며 독자들은 고요와 안식, 그리고 평화를 느낄 것이다. 우리는 얼마나 성급하게 대답과 결론과 해결을 원하는가. 우리는 얼마나 모든 것의 자명함과 명쾌함을 갈구하는가. 우리의 피로는 원칙적으로 대답이 없는 공간에서 성급한 대답을 기대하고 찾는 행위에서 축적된다. 우리는 화끈하고 명쾌한 길을 원하며, 불분명함, 대답 없음 혹은 대답할 수 없음의 희미한 상태를 견디지 못한다. 우리가 이렇게 성급하고 천박한 진리-경쟁의 공장에서 숨을 헐떡이며 확실한 성과물을 향해 돌진할 때, 이정현은 그런 기계적이고 야만적인 행위들을 "하지 않을 가능성"을 보여준다. 아무도 없는 숲속 오두막 조그만 창에 그림처럼 가득한 초록 나뭇잎들, 목적도 성취도 없이 흘러가는 강물, 겨우내 키우고 키워 더 이상 견딜 수 없이 커진 꽃망울을 터뜨려 봄을 알리는 목련, 푸른 하늘을 배경으로 항상 처음 같은 풍경으로 흘러가는 구름, 이런 것들은 해명해야 할 진실도, 끝내 구해내야만 할 명쾌한 해답도 가지고 있지 않다. 이런 것들은 인간보다 먼저 무명, 무념, 무상, 무위의 상태에 가 있으며, 차지도 넘치지도 않는 '존재의 충만'에 도달해 있다. 이정현의 이 시집은 정복과 성취의 담론에 지친 독자들에게 이런 고요와 평화와 안식의 풍경도 있다는 사실을 섬광처럼 보여준다. 이 시집을 읽다 보면 독자들은 때 절은 옷을 벗고 맑고 푸른 숲속에서 영혼의 삼림욕을 하는 자신을 느낄 것이다. 평화는 거기에서 온다.

꽃 같은 나이에
선방에 앉아 있으려니
등 뒤에서 누가 바닥을 톡톡 친다
–차 한잔하러 오시게
졸다가 놀라 얼른 스님의 뒤를 따르니
–내가 요즘 통 잠을 못 이루는데, 자는 비결이 뭔가
–그냥 앉아 있었을 뿐인데요?
–그냥 앉아 있었다고?

찻잎이 웃는다.

선문답식 노트 :
주신 엽서에 "밖으로 모든 연緣을 쉬고 안 마음이 헐떡임이 없어야 가可히 써 도道에 든다 하심이여, 이는 방편문方便門이라" 하셨느니라.

—「비결」 전문

이 시집 모든 시의 끝에는 위에서처럼 "선문답식

노트"가 달려 있다. 이것은 일종의 '시작 노트'라고 할 수도 있는데, 일반적인 시작 노트와 달리 본문과 화학 반응을 일으키며 본문의 영역을 더욱 확장한다. 이런 형식은 중국 남송대의 선승 무문혜개가 지은(선 사상의 고전이라 할) 『무문관無門關』의 구조와 유사하다. 『무문관』은 총 48칙則의 공안을 싣고 있는데, 각 칙의 본문이라 할 "고칙"은 "무문의 말"과 "무문의 송"으로 이어지며, 말미엔 항상 "군소리"라는 형식이 따라붙는다. 그야말로 선문답인 고칙의 의미는 말과 (게)송을 거쳐 군소리에 이르면서 더욱 분명해지는데, 이 시집의 "선문답식 노트"는 바로 그 "군소리"의 역할을 한다는 점에서 시의 바깥이 아니라 안에 있다. 말하자면 이정현의 선시에서 "선문답식 노트"는 시의 일부이지 시의 설명이 아니다. 위의 작품은 짐짓 가벼운 위트를 동원하며 '도에 이르는 길'의 핵심을 보여준다. "꽃 같은 나이"의 화자는 선방에서 도를 가르치는 선승에게 가르침을 받기는커녕 깨우침을 준다. 잠을 잘 자는 비결이 뭐냐는 선승의 질문에 화자는 "그냥 앉아 있었다"라고 말한다. 화자는 역설적이게도 깨우침의 열성조차 버리고 "졸다가" 깨우침의 경지에 이른다. 어떻게 그럴 수 있을까. 이 시의 "선문답식 노트"에 그 답이 있다. 집착을 버렸을 때 "밖으로 모든 연緣"의 쉼이 오고, "안 마음이 헐떡임이 없어야" 도에 든다.

II.

선적 깨달음에 이르는 또 하나의 방식은 범주를 구분하는 모든 기준을 해체하는 것이다. 왜냐하면 어떤 기준도 절대적인 진리의 자리를 독점할 수 없을뿐더러, 그런 기준을 세우는 순간에 다른 모든 기준은 비非진리의 자리로 밀려나기 때문이다. 그러므로 진리의 절대적인 중심을 세우는 일은 독점, 편견, 폭력의 혐의에서 벗어나 있지 않다.

> 법화경 읽는 친정엄마 곁에 누운 날도
> 연등 속에 내 이름이 환히 비친 날에도
> 쉬이 수그러들지 않던 불안을
> 93층 호텔로 몰래 데리고 가 창문 아래로 떨어뜨렸다.

> 선문답식 노트 :
> 본래 한 물건도 없는데

어디에 때가 묻고 먼지가 앉는단 말인가.

– 혜능의 게송 中에서

—「살생」 전문

화자의 "불안"은 가장 편해야 할 장소와 시간에서도 사라지지 않는다. 화자의 불안은 왜 쉽게 수그러들지 않았을까. 그 대답은 이 시의 "선문답식 노트"에 있다. 그것은 본래 존재하지도 않는 "한 물건"을 그가 마음속에 품고 있기 때문이다. 여기에서 한 물건은 다른 물건과 구별되는 차이의 영역이다. 하나가 존재할 때 다른 하나들이 생겨나고 물건과 물건들의 구분이 생겨난다. 한 물건이 존재할 때 그것의 "때"와 "먼지"를 닦아야 할 일들이 생긴다. 화자의 마음속에는 차이와 구별의 한 물건이 존재하고 화자는 그것의 때와 먼지를 계속 닦아야 한다는 '연'에서 벗어나지 못하고 있다. 혜능의 지혜에 따르면, 그것은 없는 경계를 세우고 그것에 얽매이는 일이다. 선적 깨달음은 경계와 경계를 나누는 기준 자체를 죽여서("살생") 원래 있지도 않은 것을 원래의 없는 상태로 놔둘 때 온다.

삭발하고
바람처럼 떠났다가

다시 돌아와
나를 안아주는

부처님

선문답식 노트 :

'부처를 만나면 부처를 죽이고 공자를 만나면 공자를 죽여라' 그래서 나는 이제 당신을 죽이려 합니다.

—「당신」 전문

위 작품에서도 본문은 일차적인 깨달음을 그리고 "선문답식 노트"는 그 깨달음을 바로 지워버리는 선적 수행performance을 보여준다. 깨달음이 영토화라면 수행은 탈영토화이다. 본문에서 화자는 "당신"을 "부처님"이라 규정한다. 그렇게 규정하는 순간 "당신"은 부처 이외의 아무것도 될 수 없으며, "당신"이 부처답지 않은 모습을 보여줄 때 화자는 온갖 번민에 시달리게 된다. 그러나 어느 존재도 하나의 규범으로 정의되지 않는다. "당신"을 "부처"라고 정의하는 순간, "당신"은 이미 "부처" 아닌 다른 존재가 되어 있다. 그러므로 존재의 본질을 좇으려면 규정하지 말아야 하고 단정하지 말아야 한다. 규범과 범주는 원래 그것 안에 있지 않던 존재를 그것의 감옥에 가둔다. 존재를 범주에 가둘 때, 그것 외의 다른 것을 상상할 수 없게 된다. 그러므로 너무 흔하지만 실천하기 힘든 지혜, 즉 부처를 만나면 부처를 죽여야 한다는 선적 담론이 생겨난다.

어쩌다 로마의 거리에서 선승을 보았을 뿐인데
눈을 감아도 때리고
떠도 때리는 통에
'덕산방德山棒*입니까?' 하니
물었다고 한방 더 두들겨 맞았다.

* 제자를 가르칠 때마다 몽둥이로 때린 덕산의 수행법

선문답식 노트 :
덕산방이라 하셨습니까? 물어도 때리고 답해도 때린다면야 입을 닫는 수밖에.

—「퍽치기」 전문

덕산은 왜 물어도 때리고 답을 해도 때렸을까? 물음은 명쾌한 진실을 요구하고 답은 대상을 영토화하기 때문이다. 물음과 답은 대상을 전유하고 범주화하는 한 방식이다. 물음을 막고 답을 막을 때야 비로소 구름은 그대로 구름이고, 나무는 그대로 나무일 수 있다. 물음과 답이 계속될 때, 구름은 무위의 잠재성을 잃고, 나무는 나무가 하거나 될 필요가 없는 무언가를 하고 되어야만 한다.

> 여자가 운다
> 소주처럼 깔끔하게
> 짬뽕처럼 화끈하게
> 울고
> 울고
> 또 울다가
> 슬픔의 바닥이 하얗게 드러나자
>
> 여자는
> 일어나 모래톱을 걸어 나간다
>
> 선문답식 노트 :
> "조사祖師 이르시길 동動함을 그쳐 그침에 돌아가려 하면
> 그치려 함이 다시 더욱 동動한다 하시니."
>
> —「파도」 전문

본문에서 "그 여자"는 실컷 울고 "일어나 똑바로 걸어" 다시 삶의 현장으로 돌아간다. 그러나 이 일

시적 변화는 문제의 해결일 수 없다. 움직임("동動함")이 있으면 "그침"이 있다. 역으로 그침이 없다면 움직임도 없다. 문제는 움직임과 그침의 경계와 차이를 만드는 것이다. 움직임/ 그침의 이항 대립이 생기는 순간, 주체는 한 축에서 다른 축으로 이동할 뿐, 존재의 본질에 도달하지 못한다. 선적 지혜에 있어서 진실은 양자택일의 그 어느 쪽에도 있지 않으며, 모든 이항 대립물은 가짜이다. 사물은 이것이거나 저것이 아니라, 이것이면서 저것이고, 이것이 아니면서 저것이 아니다.

III.

논리는 선적 사유를 방해한다. 논리는 선적 사유의 대척점에 있다. 선적 사유는 논리가 만드는 전제와 기준과 경계를 해체한다. 선적 사유는 왜 차이와 범주를 의심할까? 선적 사유가 의심하는 것은 논리 자체가 아니다. 그것이 의심하는 것은 차이와 경계와 범주를 생산하는 언어 체계 자체이다. 선적 사유는 언어(기호)가 존재를 있는 그대로 재현할 수 있다고 믿지 않는다. 기호가 대상을 포획(지시)하는 순간, 기호는 대상을 잃어버린다. 그러므로 기호(단어)들은 그 자체 대상을 왜곡하는 매체이다. '진리'라는 기호는 진리를 지시하지 않는다. 결국 선적 사유가 의심하는 것은 진리 자체가 아니라 진리라는 기호이다. 선적 사유가 인정하는 말이 있다면 그것은 오로지 비유 혹은 은유의 언어이다. 왜냐하면 비유(은유)는 대상을 영토화하지 않기 때문이다. 은유는 언어가 포획하지 못하는 것을 포획하지 못한 상태로 놔둔다. 그것은 사물을 규정하지 않고 '무위의 잠재성'으로 열어놓는다.

> 붕어가 물속이 심심하여
> 바람 한 입 채어 무는데
>
> 벙거지 모자 눌러쓴
> 저놈은 누구인가.
>
> 선문답식 노트 :
> 방하착放下著!
>
> —「낚시」 전문

여기에서 "붕어"는 주체가 사유화하고 싶어 하는 모든 것들의 은유이다. "벙거지 모자 눌러쓴/ 저놈"은 대상을 전유하고 영토화하려는 모든 주체의 은

유이다. 이정현의 선시는 은유의 언어에 대해서는 매우 관대하거나 혹은 관대를 넘어서 그것을 적극적으로 수용한다. 위트 넘치는 선적 직관의 아름다움을 보여주는 위 시는 영토화된 개념을 해체할 필요도 없고, 범주화된 대상을 원래의 상태로 복원하려 애쓸 필요도 없다. 은유는 아무것도 전유하지 않으며, 아무것을 아무것이 아닌 상태로 놔두기 때문이다. 은유는 집착하지 않으며 대상을 자유롭게 풀어놓는 "방하착放下著"의 언어이다.

길 위의
나룻배 한 척을 본다

바람이 노를 젓자
배가 흔들린다.
그러나 제자리다

경주 천년의 숨결 속에서 참선 중이다.

선문답식 노트 :
문디 가시나
궁디 내려놓고 배처럼 앉아 있으려니…… 되다.

—「금장대 나룻배」 전문

선적 사유의 상태를 풍경에 은유한 이 작품엔 긴장 혹은 논쟁이나 불화가 없다. 규범화되거나 범주화된 경계가 없으므로 덕산방德山棒도 임제할臨濟喝도 필요 없다. 소리치거나(임제할) 때려서(덕산방) 깨울 필요도 없이 금장대의 나룻배는 고요하고 평화롭다. 그것은 "바람"의 "노"에 의해 잠시 흔들리지만, 이내 "제자리"로 돌아온다. 나룻배는 본질이고 바람은 그것을 흔드는 힘이다. 본질은 언제 어디서나 그 자리에 그냥 그대로 있다. 시인은 여전히 특유의 너스레를 떤다. "궁디 내려놓고 배처럼 앉아 있으려니…… 되다." 나룻배가 본질의 존재 방식을 보여주는 것임을 알고 그렇게 따라 하려니 힘들다("되다")는 것이다. 이정현의 선시들은 이렇게 중요한 깨달음의 순간에도 위트와 유머를 잃지 않는다. 시인의 웃음은 주체가 과도한 진지함에 빠져 사물을 경직화하는 것을 막는다. 시인은 멍청한 진지함보다 경쾌한 깨달음을 원한다. 그렇게 툭툭 털어야 경계와 범주에 얽매이지 않을 수 있다. 선적 깨달음이 어찌 쉬운 일이랴. 그러나 이정현 시인은 엄숙한 경계의 허구를 알기 때문에 웃는다. 저 "금장대 나룻배"는 얼마나 가볍고 경쾌한가. 그러나 저런 것이 존재의 본질과 비밀을 다 꿰고 있다. 그러니 "무슨 종이냐고 누가 묻거든/ 비가 내리듯 방망이와 호통"(「즐거운 술」)을 내릴 일이다.